時の流れ

馬場 啓

文芸社

まえがきにかえて

早いもので、いつか戦後五十六年を迎えた。きびしい歳月だった。特に戦争でその人生を大きく変えた人達を思い、今も中東の国々などで治療の薬もなく死を迎えている、幼な子の日々を考えると、やりきれない思いがする。

ここに収めた作品は、過ぎた時の流れの中から掬い上げた回想であり、若い世代に語り継ぎたい一冊でもある。

時の流れ　目次

第一章　少年時代（大正時代）

時の流れ

退屈した日の午後は、立川駅の北口前に出かける。そこには初夏の緑が蔭を落とすベンチが置かれ、若山牧水の歌碑、

「立川の駅の古茶屋さくら樹の
　　もみじのかげに見送りし子よ」

が建っている。

この歌が詠まれた頃、私の生家は古茶屋に近く軒を列べていた。ベンチに腰をおろして激しい人の流れを見ていると、移り変った街の姿の中から、昔が私に話しかけてくる。

老いは、過ぎた時代をその長さだけ心に刻んでいるものである。

泊り客

家業が旅館だった少年時代の思い出には、泊り客につながるものが多い。

中でも春秋に信州から出て来る繭《まゆ》の仲買いさんや、親子二人連れの富山の薬売りさん、年の暮れに見える御岳《みたけ》の御師《おし》さんなど、忘れられない滞在客だった。

特に富山の親子は、雨で仕事を休んだ日には、私を部屋に呼び入れて故郷の冬の暮しや旅の話などしてくれた。この親子を「定斉屋《じょうさい》さん」と呼んだが、朝になると螺鈿《らでん》を散らした黒い大きな漆塗りの薬用箱を、天びん棒で体の前後に振り分け、引出しに付いた把手の金具をカタカタ鳴らしながら、仲良く街中へ出ていった。

その頃、表玄関を入った所は三坪程の三和土《たたき》で、正面の柱には祖父甚平の、初代以来の古風な大時計が掛かっていた。夜には、この大時計の前で、酔客が大声を出して母を困らせていることもあった。男のわめく様子を、硝子の窓越しに、弟や妹と体を寄せ合って見つめている姿が、今も目に浮んでくる。

宿帳

宿泊者が記す現在の宿帳は簡単なものだが、戦前は泊り客の一人一人について詳細な報告書を、駅近くの巡査派出所に提出した。眠い目をこすりながらペンを運んでいた母親の姿が目に浮かぶ。士族か平民か、身の丈は何尺何寸位、長顔か、丸か、角か、ヒゲ、ホクロの有るか無いか等々、細かな記載欄があった。

わが家の歴史を見守ってきた玄関の大時計が、十時を廻る頃になると客足も絶え、書き上がった報告書は女中さんの手で、派出所へ届けられる。

ある晩、女中さんについて人通りのない夜道を急いでいた時、暗闇から飼い犬に吠え立てられ、赤い軒灯のともる派出所に駈け込んだ思い出も忘れられない。

旅人宿と街道（馬場吉蔵画「立川村十二景」より）

大正十五年に大正天皇が崩御《ほうぎょ》され、昭和天皇が浅川陵に参拝されるようになってからは、参拝の数日前から、泊り客に対する厳しい検閲が行われ、警官が宿帳を手にして客の部屋々々を臨検した。
海外旅行も簡便になった今と比べると、隔世の感がする。

わんぱく時代

私の幼い頃、現在の立川市は村だった。桑畑の続く村だった。ここに陸軍の飛行第五聯隊《れんたい》があった。

遊びといえば、第一が兵隊ごっこ。身に付けるものは総てお手製。母親の目を盗んで、勝手口から持ち出した木炭で、火を起こす。長火箸の先を真っ赤に焼く。焼けた火箸で、手頃の長さに切った竹の節を抜く。それに竹の柄を付けた太い針金の刀身を通すと軍刀だ。やがて桑畑の中の偵察。そして敵との渡り合い。攻防が一段落つくと、初夏の光の下で、赤や黒紫に色づいた桑の実を取っては口に入れた。汗を流した後の熟れた実の何とうまかったことか。

そんな或る日のこと、遊びほうけての帰り道、あたりはすっかり暗い。その時、近くの長屋の軒下から猛犬が吠えかかって来た。部隊長が真っ先に逃げ出す。あとは蜘蛛の子を散らすよう。夕食のラッパが流れてくる兵舎を取り巻く深い空壕に沿った道。その道の上で、犬に追いつめられた私は、傍らの空壕の中へ真っ逆さまに落下した。

たまたま夜道を歩いて来た子守りに助け上げられた。その時、額につくったコブを気にしながら、勝手口を泥棒猫のように入った所を母親に見つけられ、風呂場の水で頭から洗われた。

いじめ

私が少年の頃、多摩川を境にして南岸が日野町、北岸が立川村だった。日野は立川より先に町となり、立川は相変わらず村だった。

そんなこともあって、日野の悪童たちは立川を一段低く見て、仲間が一緒の時には「立川の馬糞《まぐそ》!」などと悪態をついたものである。

たしかに立川駅の北口から北へ伸びる砂川街道は、駅に向かう繭や伐採した材木の運搬路で、馬糞が道を汚していた。

日野の子どもたちの〝いじめ〟は、子ども時代の一過性の現象とみれば大過ないことである。しかし、自分たちの郷里を誇りに思うことと、他の地域を一段低く見ることとは根本的に違う。短い期間だが、小学校の先生をしたことのある父は、多摩川の河原で、子どもたちのそんな争いがあった時、いつも郷土の誇りについて分かりやすく話してくれたものだった。

石合戦

水遊びに出かけようとして集まった級友五、六人の中へ、麦ワラ帽子をかぶり片手に写生帳を持った父が仲間入りしたことがあった。父が一緒だということで、みんなの顔も明るく見えた。

根川の浅瀬を渡り、砂利と砂地の中洲に着くと、日野の少年たち

日野の渡し場（十二景より）

が水しぶきをあげて泳いでいた。私たちもフンドシ一つになると、負けじとばかりに流れの中へ飛び込んでいった。

父はみんなから少し離れた岸辺にゆっくりと腰をおろして、好きな写生を始めた。

立川と日野の少年たちの間で、烈《はげ》しい喧嘩が始まったのは間もなくのことだった。父が級友の一人から注進を受けて駆けつけた時、日野の少年たちは横一列となって立川側に対峙《たいじ》していた。石合戦の構えである。

これはいけない。

「ヤメナサイ！」

父は大声で叫んだ。

この一喝がなかったら、どうなっていたことか。父からこんな強い叱咤《しった》の叫びが発せられるとは。日頃、物静かな父しか見てこなかった私には、父の知らない一面を見た思いで、強い驚きを感じたものだった。

双方の子どもたちは、父の見幕に一瞬たじろいだ。その時父は、中洲に場所を選ぶと、みんなを集めて話をした。

「石合戦は、ガキ大将が両方にいて堂々と闘うものだよ。弱い者いじめの喧嘩とは違う。石を使って弱い者をいじめるなどは、一番情けないことだよ。」

この言葉は、いまも私の耳に残っている。

日野の少年たちも、先の一喝の烈しさが響いたのか、静かに聞いていた。

野火

少年の頃は、近くを流れる多摩川の水は清く豊かであった。その堤では、釣り人の捨てたタバコからか、野火の燃えていることもあった。日没の帰り道、対岸の日野の村の灯が点々と見える夜景の中の野火には、子供心に神秘さと、時には恐ろしさを感じた。

そんな自然との対話のある生活では、火に対する興味が深く、近所の悪童仲間と遊んだ日、畦《あぜ》に火をつけたら枯れ草が燃え広がり、あわてて羽織を脱ぎ、みんなで叩き叩き火を消したこともあった。

野火のあとに雨が降ると、燃え跡の灰が地に浸み込んでいく。そして春ともなれば、堤一面にツクシやイタドリが柔らかな芽を出す。皮をむいて塩をつけて食べたイタドリの、さくさくとした歯ざわりは、今も消えずにいる。

コンクリートで整備された近頃の堤に立つと、大自然の中で自分達の遊びを持てた少年の頃が偲ばれる。

一枚の写真

少年の頃の写真が一枚だけ残っている。戦災で焼け残ったこの一枚は、私にとって昔を語る掛け替えのない一枚である。

家業の忙しい母は、私が学校から帰るのを待っていて、小さい方の妹を背中におんぶさせ、弟の手を引かせて、諏訪の森に近い小学校へ遊びに出した。

秋晴れの午後だった。

亀甲模様の久留米絣《がすり》の着物の私は買ってもらったばかりの紐付きの白い運動靴を履いていた。その時三つ位だった弟は、私とお揃いの着物に白のエプロンを掛けていた。

その時、三年生の受持ちの伊藤先生が校門の方から、買ったばかりのカメラを太った体に下げ、得意そうに歩いて来た。

「馬場！　撮ってやっから、こっちへ来い」と私達を露地へ呼びこんだ。

弟は見慣れないカメラの前に立つことを泣いて拒んだ。仕方なく私と背中の妹が先生の構えるカメラの前に立った。その時、家の蔭で泣いていた弟が、指をしゃぶりながら、泣いたままの心配顔をのぞかせた。

その瞬間、カメラがパチッと鳴った。

こうして、幼かった時代の三人像が一枚の写真に納まった。私にとっては、当時を伝える貴重な風物詩である。

おふくろの味

おふくろの味といえば、ケンチン汁を思い出す。

大根、人参、牛蒡《ごぼう》、里芋などを油でいためｍ、豆腐を入れ、グツグツ煮込むと独特の味になる。

その味には母の思いが滲み込んでいて、インスタント食品からは生まれない。

学生時代、放課後の柔道で汗を流した日の夕食にこれが出ると、嬉しかった。

また、戦時下の召集兵の頃、外出許可をもらって帰った日、母はケンチン汁を用意して待っていてくれた。

昔は母親を「おふくろ」と呼んだものだが、おふくろには今と違った手造りの味があった。

ダシのよくきいたケンチン汁を食べたくなる冬の夜など、母が思い起される。

第二章　学童疎開記

（昭和初期）

ホームシック

空襲の激しくなった東京から、草津の町へ学童疎開したのは、昭和十九年六月のことだった。

私は三年男子の担任で、宿舎は七星館という四階建ての温泉旅館だった。

疎開地に着いて間もない頃は、旅行に出かけたような気持ちだった。

子ども達は、やがて、ホームシックにかられ始めた。

そんな或る日、A君の姿が夕食のテーブルに見えなかった。一瞬、子ども達の中に緊張が流れ、A君が旅館を脱出したと感じて、部屋には不安な空気が流れた。

幼いA君の知恵で考えられる東京への脱出路は、この地へ来た時乗った草津と軽井沢をつなぐ草軽電鉄の鉄路しかない。私は後の事を寮母に託すと、旅館の前の「湯畑」から草津駅に続く坂道を、一心に東京に向かって歩むA君の姿を思い浮かべながら走った。

落書き

子供達が宿舎とした部屋は、客室として使われていた三室の襖《ふすま》を取り外して、大広間としたもので、寝室と学習室を兼用した。その大広間の端には床の間が着いていて、灰色の壁はまぶした金粉でキラキラ光っていた。

その壁に、いつの間にか、数個の人の顔が描かれていた。指でこするとザラザラと落ちる上塗りの砂の下地は、白壁だったので、い

くつも、いくつも、人の顔が浮き出ていた。

母の顔か、父の顔か。

サア大変と困惑顔の私に、大事な壁を傷物にされた苦渋顔の宿の主人も、子供達の幼い心を思って、お互いの顔を見合わせるばかりだった。

雪の日

積雪が地上を一面に包む草津の冬は、宿の炊事場から貰ってきた廃材で、ソリを作って遊んだ。

裏山の坂道を滑り下りるこの遊びに、子ども達は日頃の郷愁のわびしさを忘れた。

吹雪《ふぶ》く日が続く時は、部屋の中での遊びを工夫するのに苦心した。

よくした遊びに「クラス学芸会」があった。

「ドングリコロコロ」の劇では、ひとりひとりに画用紙でドングリの面を作らせ、各自が持っている綿入れの「袖なし」を着せる。すっかりドングリになったところで劇を展開させると、それぞれの役を楽しく演じた。

終りには、全員が中央に出て、各自が好きな仕草で、部屋中をコロコロ転げ廻った。

周りに立っている者は「ドングリの歌」を合唱して、回転を楽しくした。

こうして思いきり賑やかに遊んだ雪の夜は、みんなよく眠った。

厳冬

草津の冬は零下十五度位まで下がる日があった。東京育ちの子ども達にとって、冬の寒さは身に滲みた。

客用の四部屋の仕切りを取り払って作った大広間には二個の四角な大火鉢が置かれた。朝が来てこの大火鉢に炭火が入ると、綿入れのチャンチャンコ（袖なし羽織）を着た子ども達が、小雀のように集まり、体を寄せ合って手を温めた。

しかし、炭の配給が少なかったから、雪が止んで日が射してくると歓声を挙げて雪の中へ飛び出していった。

早朝の思い出には、こんなこともあった。

まだ眠りから醒めない子ども達の部屋を見廻っていくと、部屋の外の廊下に、薄い氷の張った所が何か所かあった。

これは、真夜中に目を覚ました子が、物の怪《け》をこわがったり我慢の限度がきて、たまらず放尿した痕跡だった。

私がスリッパで叩くと、銀線が走って砕け散ったが、何とも言えないおかしさと、幼い子ども達のあわれさを感じた。

日課

大広間での二時間の勉強は基礎学習程度で、日課といえば遊びが中心で、晩秋ともなると冬の薪拾いに裏山の林に入って楽しく遊ばせる日もあった。

そういう日は、長い縄の先端に短い木切れを付けた投げ縄を各班に持たせ、雑木林の中を歩いた。作業開始となると、各班それぞれに用意した投げ縄を、手頃の枯れ枝目がけて投げ上げる。

枝にからんだ縄を掛け声かけてみんなで引くと、枯れ枝は折れ、音を立てて落ちて来る。集めた枝を各自が束ねて背負うと、薪の輸送部隊ができる。

夕日が遠い山の彼方に沈む頃、当時の愛唱歌「お山の杉の子」を、声を合わせて歌いながら山道を下った。

薪は、宿の炊事場に運ぶと、おやつの足しにしてくれた。

おやつ

親と離れた疎開地の生活では食べることは何よりの楽しみで、折々に配給されるおやつは、沈みがちな学級の空気に変化と活気を与えた。

恐縮ですが
切手を貼っ
てお出しく
ださい

112-0004

東京都文京区
後楽2−23−12
(株) 文芸社
ご愛読者カード係行

書　名			
お買上 書店名	都道　　　市区 府県　　　郡　　　書店		
ふりがな お名前		明治 大正 昭和　年生　歳	
ふりがな ご住所	□□□-□□□□	性別 男・女	
お電話 番　号	（ブックサービスの際、必要）	ご職業	

お買い求めの動機
1. 書店店頭で見て　2. 当社の目録を見て　3. 人にすすめられて
4. 新聞広告、雑誌記事、書評を見て（新聞、雑誌名　　　）

上の質問に 1. と答えられた方の直接的な動機
1. タイトルにひかれた　2. 著者　3. 目次　4. カバーデザイン　5. 帯　6. その他

ご講読新聞　　新聞	ご講読雑誌

文芸社の本をお買い求めいただきありがとうございます。
この愛読者カードは今後の小社出版の企画およびイベント等の資料として役立たせていただきます。

本書についてのご意見、ご感想をお聞かせ下さい。

① 内容について

② カバー、タイトル、編集について

今後、出版する上でとりあげてほしいテーマを挙げて下さい。

最近読んでおもしろかった本をお聞かせ下さい。

お客様の研究成果やお考えを出版してみたいというお気持ちはありますか。

ある　　ない　　内容・テーマ（　　　　　　　　　　）

「ある」場合、弊社の担当者から出版のご案内が必要ですか。

希望する　　希望しない

ご協力ありがとうございました。

〈ブックサービスのご案内〉

当社では、書籍の直接販売を料金着払いの宅急便サービスにて承っております。ご購入希望がございましたら下の欄に書名と冊数をお書きの上ご返送下さい。（送料１回380円）

ご注文書名	冊数	ご注文書名	冊数
	冊		冊
	冊		冊

戦局がきびしくなるにつれ、東京の学校や家庭からの慰問物資も少なくなり、雑炊やカボチャの雑炊が続くようになると、旅館がおやつまで用意できる日はほとんどなくなっていった。

そんなある日、一つの事件が起こった。四階に逗留していた湯治客の部屋から特効の治療薬が紛失した。

通報を受けた私は、咄嗟《とっさ》に、おやつ欲しさの盗みかと、便所の中、便器の一つ一つまで点検して廻った。

その結果、便器に吐き出された錠剤を発見して安堵《あんど》の思いをしたことは、今も忘れられない思い出の一つである。

第三章　終戦前後

飛行第五聯隊の駐屯

アジアの戦局がきびしくなり、米軍機来襲も予想されるようになった。東京の空を守るために、大正十一年（一九二二）に、神奈川県の各務ヶ原《かがみがはら》から飛行第五聯隊が立川へ移駐してからは、それまで多摩の一寒村にすぎなかった立川は軍都と言われるようになっていた。

当時、旅館をしていた家の裏庭でも増築工事が進められ、屋号も「あづまや」から「東雲閣《とううんかく》」へと変わった。

風雲急となる

南方の島々に米軍機の来襲が激しくなると、空軍基地立川を飛び立つ陸軍機の数も多くなった。旅館組合長だった父は深夜の帰宅が多くなり、母は国防婦人会の仕事で大変だった。

陸軍大演習の行われた夜などは、部屋にあふれた兵隊さんが、板敷きの長廊下いっぱいに、ちょうど串に刺したメザシのように、横一列に並んで寝ていた。

駅前家屋の立退き命令下る

来るものが来たと言えよう。駅前広場拡張のための強制疎開命令が下ったのだ。裏庭の増築工事落成から一年たらずだった。南方における日本軍敗戦の報で、空軍基地立川への敵機来襲のサイレンの鳴るのが多くなった。

通報の内容は、およそ次のようだった。

一、期限内に建造物の一切を撤去すること。

二、補償費は、建物・土地・営業権・今後の生活費一切を合わせて三〜五万円。

この補償費は、当時、一家十人が一生を安楽に暮らせるだけの金額だと父は言っていた。

その後、八王子、立川方面への大空襲が始まり、母の実家の蔵も焼夷弾《しょういだん》でこわれ、疎開しておいた荷物のほとんどが消失した。

強制疎開の実施

(1) 襖絵

当時のことで印象に残っているのは、夏の日、シャツ一枚になって絵筆を運んでいた父の姿である。裏庭に三部屋の増築が完成したので、この部屋の襖《ふすま》を恩師の佐竹永陵画伯から学んだ画風を取り入れた郷土の風物画で飾ろうとしていた。

戦雲の流れが急となった当時、この襖絵の完成は父には急がれた。

こうして出来上がった襖絵は他に移され、疎開作業は、金文字で「東雲閣」と掲げた表通りの棟から始められた。土煙が上がって、増築されたばかりの裏庭の三部屋も煙の中に姿を消した。

その時、裏庭の新しい客間の方から私を呼ぶ父の声が聞こえてきた。足許に気を配りながら飛んで行くと、「襖絵は大事に運んでくれ」と、強い調子で言った。

父が精魂込めて描いたこの作品は、市の郊外の畑に仮設した「物置小屋」に移したが、私が召集解除となって帰ってみたら、再建のための材料と一緒に、薪にするために盗み出されていた。

(2) 五葉松

旅人宿「あづまや」のシンボルとして、祖父甚兵衛が記念に植えた五葉松の最後も忘れられない。

手入れもよくされ、五十年の歳月を経過していた五葉松を、その根方に植木職人が大型の鋸《のこぎり》をあてて引いた。

ちょうどその時、二階の客室に空巣《あきす》が入り、盗み出した大きな包《つつみ》を背負ったまま逃げ場を失い、そのユラユラ揺れる松の木づたいに逃げようとして、記念の松に飛び移った。空巣は松を抱いたままで「御用」となったが、その一幕は、笑うに笑えぬ思い出である。

敗戦下の母の死

先々代の甚兵衛が開いた旅館「東雲閣」であったが、立川駅前の強制疎開で廃業となった父と母にとっては、召集された二人の息子の生存だけが将来への夢を托する道だった。

二軒続きの長屋で、嫁入り前の娘達と共に暮していた母は、食糧不足を補うために、日野の実家へ農業の手伝いに出かけていった。こんな不運と疲れが重なった母は、いつか肺を患っていた。

たわむれに母を背負いて　その余の
　軽きに泣きて　三歩あゆまず

これは明治の歌人・石川啄木が母を思って詠んだ一首だが、召集解除になって郷里に帰った私の目に大きく映ったのは、痩せ細った母の姿だった。床についているその母を抱えて、トイレに運ぶ日もあった。

かくて母は、六十三才で逝《い》った。

散るほかになかった嘆き
　蚊帳《かや》の中

こう詠むほかにことばもない臨終の暑い一日だった。

畑道

帰還すると私は、田舎に疎開していた父と二人で、父が余生を夢見て買っておいた畑の検分に出かけた。その時二人の目を釘づけにしたのは、私が召集前に、父と二人して、再建の日を夢みて小屋掛けしておいた小屋の資材の多くが、たきぎとするために盗まれていたさまだった。貴重とされた紫檀《したん》、黒檀等の床柱は、薪材には不合格とばかりに取り残され、皮肉な浮き目をさらしていた。

余りにも無惨な荒れ様に、帰りの畑道を父が黙々と私の前を歩いていた姿が目に浮かぶ。

第四章　戦後風景

終戦の頃

召集解除になった私が再び子どもの前に立ったのは、焼土と化した新宿駅西口の学校だった。

今は高層建築の立ち並ぶ西口も、当時はヨシズ張りの屋台店が軒を連ね、子ども達はその露地を抜けて学校へ通った。

校庭には三坪程のプレハブの職員室と、使い古したオルガンが一台あるだけだった。教室がないので、焼け残ったビルの上に広がる空を背景とした青空教室だった。

天気の悪い日は、消失を免れた近くの学校を借りて二部授業をした。そこも爆風で窓硝子がなかったので、風が吹く日は机の上に置いた本がパタパタと風にあおられ、配られたプリントは窓から外へ飛んでいった。

沈丁花

門の傍の沈丁花《じんちょうげ》が咲いた。

戦後間もない年の暮れ、小学校の教え子のA君が、ひょっこり訪ねて来た。学生服は垢に汚れ、戦災で父母を失って弟妹との三人暮らしだと言った。

当時の私は郷里の立川に帰ったばかりで、知人の土地を借り、古材で小さな家を建てていた。

一別以来の再会に、話は盡《つ》きなかった。彼が帰ると言った時、妻がその手に、貰い物の餅を持たせた。正月の餅はまだ珍しい時代だった。

年が明けて春になると、彼は再び訪ねて来て、庭に二株の沈丁花の苗木を植えていった。その後も正月毎に挨拶に来ては、始めた仕事が順調に進んでいることを語っていった。

その彼が、昭和四十年三月、八ヶ岳の帰りに残雪の崖から足を踏み外し、帰らぬ人となった。

戦後三十八年になる今、家は改築され、沈丁花は挿し木して二代目となったが、年毎に漂わせるその香は、忘れ得ぬ若者を偲ばせる。

子どもの絵

NHKの朝のテレビで、小学校五年の児童が描いた夕食風景が紹介された。

Aの絵には、テーブルの上に、漬物の乗ったご飯茶碗が一個だけ描かれていた。

Bの絵には、ラーメンドンブリと、はっきりしない自分の姿が小さく加えられていた。

Cのテーブルには一切れのパンだけ。ここにも人の姿は全くない。


次々と放映された子供の絵の何と寒々として淋しかったことか。夕食は子ども達が一番楽しみとし、心が豊かに育つひと時なのに、食卓の上は貧しく、食事を共にする人の姿を描くこともない子どもの絵は、私達に何を訴えようとしているか。

親も教師も、子どもの表現の豊かさを引き出すためには、彼等が失っている心のうるおいを一日も早く取り戻せるように準備することが必要であろう。

誠に悲しい戦後の子どもの風景である。

原爆の図

かねて心にかけていた東松山市の丸木美術館を訪ねた。駅からバスで二十分、郊外の雑木林の中にあった。

この日、会場では、原爆で被災された女流詩人の生々しい体験を一篇の詩に表現したチラシが配られ、原爆の恐ろしさを強く訴えていた。

原爆の図は、丸木夫妻や女流詩人の願いを黙殺し、高校の社会科教科書から抹殺されて終《しま》った。

こうして、時の流れは、痛切な心の痛みと残忍な戦争の姿を洗い流して終うのだろうか。

宮城前　第一回中国残留孤児訪問団

第一回中国残留孤児訪問団を迎えたのは一九八一年のことで、かれらは、戦後の中国で孤児となってから三十六年振りに、故国の土を踏むことができた。その忙しい日程の中の一日を、宮城前広場で過ごしている姿が放映された。

この人達が、どのような感慨で宮城を拝したかは知る由もなかったが、たまたま近くで遊んでいた幼稚園児を抱き上げて頬ずりし、涙を流している姿には、母国を思う心の深さが偲ばれた。同時に、戦火の中国で親と別れた当時の自分を、今抱き上げた幼稚園児の幼い体と重ね合わせて、涙したのであろう。

一行が中国へ帰る日のインタビューでは、全員が日本で暮らしたいと答えていたが、親を探し得たのはその半数でしかなかった。中国から沢山買い込んできたお土産を、渡す人もなく帰国していく人達を思うと、心が痛んだ。

平和な時代となった蔭に、今も戦争の傷を負って生きている人達のいることを、忘れてはなるまい。

*

第十回の中国残留孤児訪問団を迎えたのは、平成六年（一九九四年）の末近くであった。「宮城前」の一文を記してから、早くも十三年の歳月が流れた。

今回の調査団の一行は三十六人であったが、その中で身寄りを探し得たのは一人だけであったと報道された。

戦後五十年を経過した今も、肉親探しのために来年も訪日したい、との声を残して中国へ帰っていった人達を思うと、戦争の非情さ残酷さが一入《ひとしお》強く感ぜられる。

断　層　新人類の会話

立川駅北口では献血の呼び声が高い。駅ビルの六階まで昇って、売店前の椅子に腰をおろし、一五〇円のコーヒーを飲む。傍らの椅子に女子高校生らしき二人。

「おめえ　献血するのかよ　痛えだろ」

「痛かねえよ　おれ　前にヤッタもん」

「おれ　ヤラネエよ」

「いいじゃんか　ヤレよ」

こんな会話を聞いていると、時代の断層が見えてくる。

第五章　随筆

柚子の里

親友と二人で五日市憲法草案発祥の地の深沢村を訪ねた。色川大吉氏がその草案を発見した深沢家の土蔵は、入口の壁が崩れ、重い扉には錆びついた錠前が吊されていた。

この草深い里で、明治の初めに近い頃、新時代の憲法づくりに取り組んだ若者達を思うと、感動が湧き、友と語り合いながら帰りの田舎道を歩いた。

道沿いの農家の庭には、秋の静かな日射しを受けて、柚子《ゆず》が枝もたわわに生《な》っていた。

「今夜は、冬至だね」という友の声に誘われ、日当りの良い縁側にいた老婆に声を掛けたら、「たくさんお持ちなさい」と言ってくれた。

枝からもいだ柚子の実は、表面が荒々しくミカン程の器量よしではないが、香りで人を誘い、おかし難い芯の強さを感じさせる。その夜、柚子湯に体を沈め、新時代を迎えようとした当時の青年達を偲んでいたら、清新の気が柚子の香と共に体に沁み渡り、老いの疲れを流してくれた。

祭りと人力車

法被《はっぴ》を着た車夫が客を乗せて駈ける人力車が、八王子市の銀杏《いちょう》祭りに登場した。土地の若者達が、祭りの気分を盛り上げようと、黄葉に色づいた甲州街道に、昔を偲ばせる風物詩をお目見えさせてくれたのだ。

日本人が祭りを楽しむのは、古い時代の風俗への郷愁と、ゆるやかに流れる時があるからだろう。祭りの賑《にぎ》わいと人の流れに流されながら、私は、友と連れ立って銀杏の並木道を歩いていった。その時、木蔭に休憩をとっていた人力車の向こう側を、少年少女達で組織された華やかな鼓笛パレードが行進していった。

この人力車とパレードの対照には何の矛盾も感じられず、新旧の文明が一つに融けこんで、祭りの中を流れていった。

友も私も、祭りの気分に酔い、時の流れに身を任せていくと、幼い頃、揺れる御輿《みこし》の後を歩いたお祭り姿の自分が甦ってくる。祭りは心の故郷《ふるさと》である。

野猿

今も心に焼きついている一つの光景がある。初冬の一日、親友の新井一憲さんと五日市の街を離れた山道を歩いていた。昼食を終えて再び歩き出して間もなく、新井さんが突然、驚きの声を挙げた。

「野猿《やえん》だ！」

前方の灌木を、ザワザワと音を立てながら、数頭の猿の一群が渡っていく。二人は、傍らの藪に身を隠しながら見守った。

人里離れた自然の中を集団で移動する敏捷《びんしょう》な動きは迫力があって、恐怖感さえ覚えさせた。柵の中で飼われている動物を見慣れている眼には、野生のいのちの充実感が伝わってきて、彼等が消えていった木々のあたりは、強烈な印象を残していた。

時に熊も出るというこの山里近くまで、自然破壊の極限を生きている動物達を思うと、この日見た猿一族の姿は憐れにさえ思われた。

尾瀬

交通公社の旅行計画に乗って、二泊三日の尾瀬探訪に参加した。ミズバショウは盛りを過ぎ、ニッコウキスゲはこれからという、「花の合間」の尾瀬は静かだった。湿原に渡された「木道」にしゃがみ込んで、目立たない高原植物にカメラを向けることができたし、岩蔭に咲くイワカガミは、一昨年の白馬登山まで連想させてくれた。ミズバショウの最盛期には、一畳に二人を越える割当てにもなるという山小屋も、思うがままに足を伸ばすことができた。

投げ捨てられた空缶一つ見当たらない尾瀬は、地元や旅行者に守られていて、心を明るくさせる。三条の滝を見て、「大見晴らし休憩所」に着いた時、傍らの細流で罐ビールを冷やしていた青年が、「飲みませんか」と一本差し出してくれたのには、感動させられた。

自然が人の心を洗い、花の合間の尾瀬が、人混みの季節には見せないやさしさを見せてくれたのだ。

愛の原型

鶏が家鴨《あひる》を育てた話がテレビで放映された。

家鴨の雛《ひな》は、日が経つにつれ、鶏の雛の群から離れて水辺へ向かって歩いていく。

それを見て親鶏が追う。家鴨の子が水に入ったと見ると、鶏の親は泳げないのに、助けようと水辺に向かって駈ける。

やっと水の中から家鴨の子を岸辺に連れ戻した母鶏は、こうして育てた家鴨がやがて水に帰っていく日を、どのように迎えるのだろうか。

朝の散歩道

[閼伽の水]

朝毎の散歩道は、わが家の墓地を抜けていく。手桶に水を汲み花立ての水を換えることが、日課の一つになっている。桶に残った水は小木《こぼく》の根方にかける。

三、四才の頃であろうか。祖母は、朝毎に換える佛壇の閼伽《あか》の水を庭先の木の根方に注いだ。心なく捨てるのでなく、若木をいたわるように根方に捨てた祖母の行為が、今も心に浮かんでくる。少年は、こうして、大人の心を育てるのだ。

[大公孫樹]

遠くから眺める普済寺の大公孫樹《こうそんじゅ》（銀杏＝いちょう）は、この春丸坊主にされ、三本の太い幹が寄り添うようにして大空に突き立っている。樹齢六百年と聞くこの裸木に、今細枝が次々と生まれている。切り落とすことによって蘇っていく大木の生命《いのち》のすばらしさ。見上げると老いの心に感動が湧く。心洗われる朝の散歩道である。

［光と影］

朝の境内で、アマチュア・カメラマンが三脚を立てて、近くの風景を撮っていた。

声を掛けたくなって

「朝のねらいはなんですか」

と尋ねたら、

「斜光です」と答えられた。

斜めに射してくる朝の陽がつくる光と影。このカメラマンが求めている映像に、心の通い合うものを感じながら、朝の散歩道を又歩き出した。
自然が見せる「光と影」。ひとが織りなす人生の「光と影」。快い出合いの朝だった。

自在鉤《かぎ》

子供の頃、母の里へ行くと、祖母が囲炉裡《いろり》の榾《ほた》火に金網を置いて正月の餅を焼いてくれた。囲炉裡には上下に移動する自在鉤が天井から下がっていた。祖母は、その鉤に掛けられたナベを程よい高さで温ため、私の大好きな雑煮をつくってくれた。

ある日、親友のKさんと、自由と自在の違いを論じ合った。その時私が、この自在鉤を例にとり、自在は自己の意志で適度の抑制を加えられるが、近頃の自由には止め金がない、と素人考えを言ったら、Kさんは、「それはうまい話だ」と同感してくれた。

戦後、私どもが手にした自由は、不自由を生んでいる。般若心経に「観自在菩薩行深《かんじざいぼさつぎょうじん》……」とあるが、自在の意味をこの原典を通して探究したい。

いのち誕生

嫁のふところに抱かれた孫が、乳房を含みながら、じっと母親を見つめる瞳の、なんと濁りないことか。新生のいのちへの感動を誘う。

テーブルの上に嫁が置いてくれた新聞は、中東の戦火を伝えている。戦争と飢えに苦しむこの地の報道写真は、母親の痩せた乳房をふくむ幼な子の眼に蝿が群がっている惨状を伝えている。

乳を飲む孫の姿を見るにつけ、安らかに眠ることのできる、平和な世界を願わずにはいられない。

第六章　心に残る人々

父の思い出

[父の背中]

関東大震災の時である。朝鮮の暴徒が襲ってくるという流言蜚語《ひ》が町の中に流れた。

一家は余震に備えて裏庭に蚊帳《かや》を吊り、その中で寝起きした。夜になると、父は先祖伝来の刀を腰に差し、家敷のまわりを巡回した。

その時、薄暗い蚊帳の中の光で見た父の後ろ姿は、今も心に刻まれている。

日頃、宿の帳場で客と応待している父からは考えられない、厳しい父の姿だった。

〔明治の人〕

父は若い頃から日本画にとりつかれ、家業の旅館はほとんど母親任せ。母なしでは暮らせない人だった。

その母が敗戦から二年目、強制疎開で廃業となった旅館の再建を果たし得ず、六十三歳で亡くなった。それからの父は、絵筆を持って故郷の風物を描き歩くことに残る人生を賭けた。

私が訪ねていくと、父は筆を休め、「この絵は私が死んだ後、価値を生むだろう」と言った。

幸い、有志の方の手で、「立川村十二景」は現在、立川市の重要文化財として取り上げられているが、私にとっては、一枚一枚の絵と取り組んでいた頃の父の姿が目に浮かび、深く絵の道を愛した人、深く郷土を愛した人としての父に、大正生まれの私にない「明治人」の気骨を感じるのである。

［花のいのち］

亡父はよく花を描いていた。春は春蘭、秋は菊、早春には梅と、自分の手で鉢植えし、その花の姿を描いていた。猫の額程の庭に植えた牡丹を朝夕に眺める父に声を掛けた時、返ってきた父の言葉が今も心に蘇ってくる。

「本気で花を描こうと思うなら、移り変わる花の姿を知ることだ」

時の移ろいと共に見せる花の姿には、微妙な変化がある。それを知って表現する時、生命ある花を写すことができる、という意味であった。

物の一端や、ひとときの感情でとらえたものを、あたかも全体であるかのように考え行動することの多かった私も、まもなく米寿を迎えようとしている。父が花と向かい合っていのちの微妙さをとらえたように、万象と向かい合って生きたいと思うこの頃である。

[立川村十二景の絵]

次ページの絵は、明治末頃の立川駅から北に走る砂川街道の一部で、駅から三百メートル程のY字路の風物である。

私が少年の頃には立川に陸軍の飛行第五聯隊が移住し、この絵の左手に正門が設けられ、このあたりまで悪童仲間と遊びに出かけたものである。

正面の店は「八店《はちみせ》」といい、砂川や所沢方面へ往来する荷馬車が、馬に飼葉《かいば》をやったり、水を飲ませたり、旅する人に食事や酒を出したりした。

茶店の前に咲いているのは、立川市の花に指定されている「こぶし」の木である。

父が描いた「八店」には、街道を暮らしの場としていた庶民や、馬、

八店の絵（十二景より）

立川駅北口前風景（十二景より）

荷車などの生業《なりわい》の姿が生き生きと写し出されている。

私たち少年にとっては、「八店」までが遊びの境で、それから先は人家もほとんどなく、裏山に入れば狸が出るぞ、狐に化《ば》かされるぞなどと脅《おど》されたものである。

「八店」から道は左右に分かれ、左が砂川街道、右が所沢街道で、所沢から浦和へと通じていた。甲武鉄道が立川を通るようになると、北側の開発に果たす「八店」の役割は一段と大きくなった。

「八店」に描かれている辛夷《こぶし》の白い花は春告花《はるつげばな》とも言われるが、立川村を包み込んだ広い武蔵野の林にポツポツ辛夷の花が開く頃になると、悪童たちは狐に化かされまいと、クヌギの林に入る前、眉毛を唾で濡らして、眉毛の数を分からないようにしたものである。

芥川賞作家

［思い出の人　藤田正俊先生］

「あさくさの子供」で芥川賞を受賞された「長谷 健」はペンネームで、本名は藤田正俊と言った。

中山（堀部）安兵衛仇討ちの碑が学校前に建つ、戸塚の街の小学校に藤田先生が転任して来られたのは、終戦二年前の四月だった。

職員室では私の隣の席で、その横顔を見た時、「長谷 健」だとひと目でわかった。藤田さんは自分のことを語らなかったので、誰もが受賞作家であることを知らずにいた。

数日後の新任教諭の歓迎会では、郷里の南九州の俚謡《りよう》「ビール樽」を、その太った体に合わせて歌った。日常の先生は作家風の様子は全く見せず、その姿が校庭に現れると、受持ちの一年の子ども達はその体を取り囲み、先生の後をついて廻った。

日米が開戦して間もない頃であった。アメリカのB29爆撃機が駿河湾上空から侵入し、東京に第一回の空襲警報が発令された日、焼《しょう》夷弾《いだん》が隣接する早稲田中学の校庭に落下した。思いもよらない大きな衝撃音に、先生方は咄嗟《とっさ》の対応を失った。その時、藤田さんは職員室を飛び出して、居残る子ども達の安否を確かめるため、教室へと走った。

この時以来、私の先生に寄せる信頼が深くなり「作家の眼で、自分を取り巻く子供達を見ている先生」という認識の誤りを知らされた。そして、受賞作「あさくさの子供」の作品価値は、このような先生の生きる姿勢から生まれたのだと思った。

それからは藤田さんと、よく新宿に出かけて酒を飲んだ。

戦後藤田さんは、親友の「火野葦平」氏の招請で九州文壇の事務局長として郷里へ帰り、酒がもとの交通事故で死亡された。ビール樽の先生と言うには、余りにも悲しい死であった。

心の友

加藤　工さん

［トン トン トン］

八十歳の峠路に立つ老友二人の加藤先生と私は、八王子の職業安定所で心身障害者の職業相談の仕事を共にした間柄である。

先任の加藤さんは中学校長を勇退され、障害者の福祉に情熱を傾けていた。

智恵遅れのA君が母親と一緒に来所した日のことは、今も忘れられない。

二人は加藤さんのテーブルの向かいに腰をおろしたが、初対面のA君は固くなって、うまく話せなかった。すると加藤さんは、「A君、こうしてごらん」と言って、自分の額を人差し指でトントンと叩いてみせた。

A君が加藤さんの所作を真似て自分の額を叩くと、傍らの母親もつられてトントンした。そうする内に、彼の顔に笑みが浮かび、母と子が顔見合わせて、お互いの仕草を笑い合った。

私は、加藤さんの機に応じて指導する姿の中に、心ある医者が患者の体にふれるように若者のかたくなな扉を開いていった愛情の深さに打たれた。

〔種蒔《ま》く人〕

当時、心と体に障害を持つ者の就職は困難だった。

「仕事ないかしら、働かないと体が駄目になってしまうんです」と言って、机を離れない青年もいた。

その頃、加藤さんがよく通ったクリーニング工場があった。東北出身の社長は苦労人で、何人かの心身障害者を雇用していた。度重なる訪問で加藤さんの熱意に動かされた社長は、事業拡張の中に、障害者が多数就労できる設備を計画した。

こうした人達の蔭の努力と行政側の配慮で、「心身障害者雇用促進法」は制定されたのであった。

著者プロフィール
馬場 啓（ばば さとる）
住所　東京都立川市柴崎町1-17-16
1935年（昭和10）東京府青山師範学校（現・東京学芸大学）卒業
・都内小学校に40年間勤務
・戦中は群馬県草津温泉学童疎開に付き添い、後に召集される
・戦後、教育派遣生として、東京教育大学に1年間国内留学
・尾藤三柳師に川柳を学ぶ
・ＮＨＫ学園全国川柳大会で特賞を受賞

時の流れ

2001年10月15日　初版第1刷発行

著　者　馬場 啓
発行者　瓜谷 綱延
発行所　株式会社 文芸社
〒112-0004　東京都文京区後楽2-23-12
電話　03-3814-1177（代表）
03-3814-2455（営業）
振替　00190-8-728265

印刷所　株式会社 平河工業社

ISBN4-8355-2540-X C0095